# 달나라청소

**하상욱**

1967년 1월 11일 전라북도 남원에서 태어났다.
원광대학교 국어국문학과를 졸업했다.
2023년 10월 7일 타계했다.

PARAN IS 10 **달나라청소**

1판 1쇄 펴낸날 2025년 2월 10일
지은이 하상욱
엮은이 하상욱유고시집간행위원회
저작권자 박성희
인쇄인 (주)두경 정지오
디자인 이다경
펴낸이 채상우
펴낸곳 (주)함께하는출판그룹파란
등록번호 제2015-000068호
등록일자 2015년 9월 15일
주소 (10387) 경기도 고양시 일산서구 중앙로 1455 대우시티프라자 B1 202-1호
전화 031-919-4288
팩스 031-919-4287
모바일팩스 0504-441-3439
이메일 bookparan2015@hanmail.net

ⓒ박성희, 2025, printed in Seoul, Korea

ISBN 979-11-91897-98-2 03810

값 12,000원

# 달나라청소

하상욱 유고 시집

시인의 말

기차는 길다 괴로움의 증거다

달려가자
달려가자

# 차례

시인의 말

**제1부**

# 툇마루

햇빛 잘 드는 툇마루에 앉아
신문지 펴고 손톱이나 깎는
그런 오후였으면 좋겠네
햇빛이 구석구석 적셔 주면
그게 약이지 다른 약 있나
화단엔 철쭉꽃 화사하게 피었고
가끔 지나가는 채소 트럭 확성기 소리
햇빛 잘 드는 툇마루에 앉아
시장에 장 보러 간 당신이나 기다렸으면 좋겠네
아직 남아 있는 햇빛을
당신과 나란히 쬐어 보고 싶다고
생의 이 적막한 오후를
더듬네

# 개망초

세상이 아름답기만 하겠니
그렇다고 세상이 노엽기만 하겠니
쪽문 앞 개망초 작은 꽃들을
쪼그리고 앉아서 보았네

# 아카시아

아카시아라고 해 보자
너는 하얀 모자를 쓴다
향기가 난다고 해 보자
네 모자에서 바람이 분다

바람이 분다고 해 보자
너는 높은 깃대에서 펄럭인다
모자들이 날아온다
웃는다

무덤 위에 올라앉은 아카시아
죽음이 삶을 껴안든
삶이 그 무엇을 껴안든
아카시아는 꽃을 피우고

아카시아는 바람을 타고
아카시아는 향기를 피운다
무덤들이 웃는다
소녀가 처음으로 웃음을 배운다

# 호박

一

호박 속에는
잘 여문 어둠이 있고
햇살이 쩌렁쩌렁
박혀 있지
벌들의 잉잉거리는 날갯짓
나비의 그림자
그리고 구불텅구불텅 길 하나가
마을로 마을로
내려오고 있지
호박 속에는
호박 속에는
가을이 있지
우리가 울고 웃었던
세월이 출렁이며
고여 있지

一

# 루트

루트는 모자 같아
모자를 슬쩍 들고 인사를 해야지
루트 16은 4야
16은 4의 제곱이니까 4 하나를 주겠다고 하고
모자를 슬쩍 들고나오는 거야
그러면 빠져나오게 되어 있지
온전한 4가 되어 나오는 거야
알겠지?
쉽지?
당신은 너무 많이 가지려고 하니까
모자를 벗지 못하는 거야
당신은 너무 많이 괴로워하니까
모자를 벗지 못하는 거야
이제 그만 모자를 벗어 봐
그리고 의자를 하나 뜰에 내놓고
가만히 앉아 있어 보는 거야
이제서야 루트에서 나왔다고
이제서야 루트 속에 웅크렸던 당신을
추억할 수 있겠다고

# 항아리

항아리가 숨을 쉰다는 얘길 들었다
항아리가 숨을 쉬니까 그 속에 담긴
된장도 고추장도 숨을 쉴 거다
된장도 고추장도 숨을 쉬니까
된장을 푼, 고추장을 풀어 끓인 찌개도 보글보글
숨을 쉴 거다
된장을 푼, 고추장을 풀어 끓인 찌개도 보글보글 숨을 쉬
니까
이리저리 치이다 돌아온 당신도
숨을 쉬며 살아가는 거다
뜨순 밥에 찌개 한 냄비 뚝딱 해치우고
잠든 당신의 가슴이, 배가 오르락내리락한다

집은 커다란 항아리

# 국수

밤에, 문득, 국수를 먹고 싶었다
냉장고에 국수 한 사리가 있는 것을 보았다
먼지바람에 부대끼고 돌아와
축 늘어진 창자 속에
뜨거운 멸칫국물에 담긴 저 순한 국수를 넣어 준다면
얼마나 좋아할 것인가
이 한밤중에 국수를 끓여 먹는 일은
이 한밤중에 자기를 진정으로 사랑하는 일임을
나는 비로소 알았다
어머니 몰래 불을 켜고
냄비에다 물을 팔팔 끓이리라
길 가던 누가 이 깊은 밤 어느 아파트 창에
불이 반짝 켜지는 것을 올려다보면
배가 고프리라
참 맑게 배가 고프리라

# 가을밤

—

    잠이 안 와서 잠이 안 온다고 쓴다…… 이가 아파서 이가 아프다고 쓴다…… 이가 아프면서 뭐가 이리도 먹고 싶은 걸까…… 목이 아프면서 뭐가 이리도 마시고 싶은 걸까…… 취하고 울고 싶다고 쓴다…… 아아 겨울이 어서 왔으면…… 좋겠다고 쓴다…… 달이 밝은 가을밤이라고 쓴다…… 눈물을 닦고 싶은데…… 팔이 너무 짧아 닦을 수 없다고 쓴다…… 멀리 가로등 하나가…… 나를 바라보고 있다고 쓴다.

—

# 길

분명히 이 세상 어딘가에는
아무도 가지 않은 길이 있을 것이다

분명히 이 세상 어딘가에는
아무도 밟지 않은 길이 있을 것이다

수많은 사람들이 지나갔으나
수많은 사람들이 밟고 지나갔으나

분명히 이 세상 어딘가에는
슬픔과 사랑과 고독으로 빛나는
푸르스름한 길이 있을 것이다

詩의 길이 있을 것이다

# 오체투지체

전주시 다가산 오르는 길
몸 벌건 지렁이가 기어간다
콘크리트 바닥에 온몸을 긁히면서
무단횡단 중이다
맞은편 풀숲까지 온몸을 던져 기는
저 필사적인 필체를
무어라 이름 지을까
향기로운 흙 속에 머리를 박을 때까지
어쩌면 거기까지가 전 생애일 것 같은
저들의 오체투지를
깃발도 없이, 피똥을 싸며
노래도 없이, 배때기로 기어간
저 불타는 필체를
오체투지체라고 부르면 어떨까

# 악보

계단을 올라가다가 문득 본 창밖
전깃줄 다섯 줄이 오선 줄 보표로 보였다
나는 지금 이 순간 어느 줄에 걸터앉아 세상을 보고 있을까
어떤 소리를 내고 있을까
그리고 당신은 지금 어디에 앉아 있을까
어디에서 혼자 조용히 노래하고 있을까

# 삼백 원

一

손톱 발톱 깎고 방 청소했다
낱말 공부를 좀 하고 나니 어두워졌다
방 안에 있는 동전들 다 모아 오천 원을 만들고
마트에 가서 소주 큰 것 하나 사니
삼백 원이 남았다
삼백 원은 얼마나 예쁜 돈인가
삼백 원은 얼마나 예쁜 당신인가
삼백 원을 호주머니에 넣고
내 남은 생도
이 삼백 원처럼만 맑았으면 하면서
불 켜진 내 방이 환하게 보였다

一

# 용머리고개

완산동 용머리고개
우리 외할머니가 콩나물국을 잘 끓이셨지
쌔캄아 쌔캄아
가게 탁자 밑에 숨은
새까만 고양이를 부르시던 모습
콩나물이 거칠고
씹으면 아삭아삭했지
허리 굽어서 허리 굽어서
어딜 가셨나
완산동 용머리고개 넘을 때마다
콩나물국 잘 끓이시던 외할머니랑
가게 탁자 밑에 잘 숨던 새까만 고양이
쌔캄아 쌔캄아
부르시던 외할머니 모습

김종삼

드라이버를 들면 뭔가를 돌려서 열고 싶어진다
망치를 들면 뭔가를 박살 내고 싶어지고
뻰치를 들면 뭔가를 아작아작 씹어 보고 싶어진다

그리고
이 세상에 존재하지 않는 연장을 생각한다
이 세상에 존재하지 않는 연장을 들고 오는 소년을 생각
한다

나는 지금 의자를 고치고 있다는 말을 한 셈이다

제2부

# 눈 오는 아침

무어라고 몇 줄 썼다가 지웠다
눈이 내리는데 계속 걸었다
뒤돌아보면 내가 함부로 찍어 놓은 발자국들
눈이 조용히 덮어 주고 있었다
간다고 가는데 언제나 여기였다
다시 몇 줄 썼다가 지웠다
여기에서 저기까지 가 보면 저기가 다시 여기가 되고
가다가 멈추면 동그란 무덤이 생겼다
눈발이 휘날렸다
지웠다가 다시 썼다
나의 호흡처럼 나의 언어처럼
눈발이 점점 더 거칠어졌다
놓고 싶어도 놓을 수 없는 것들이 있어서
그리워도 볼 수 없는 것들이 있어서
무덤들이 자꾸 생겨났다
나는 눈발 속을 계속 걸어갔다

# 그 골목

인력사무소 앞 골목에는
양철통이 하나 있다
날이 추워지면 소장은
인부들이 실어 온 나무를 퍽퍽 구둣발로 밟아 쪼개고
신문지에 불을 붙인다
새벽이면 어디에서 자다 나온 부석부석한 얼굴들이 모여
들어서
이 양철통을 둘러싸고 불을 쬐는데
거기에는 나무 캐는 황 씨 아저씨도 있고
벽돌 지는 기준이도 있다
양철통에서 모가지까지 올라온 불꽃이 날름대며
그들의 옆얼굴을 벌겋게 핥아 대는데
나무만 타는 게 아니라
각목에 박힌 녹슨 못도 타는 것이 보인다
거기에는 허물어지는 여자의 얼굴도 있고
몇 푼 남지 않은 빈 통장도 탄다
누가 우스갯소리를 하면 같이 킥킥거리다가도
순간적으로 말문이 막히면 골목은 갑자기 괴괴해지고
양철통 속에서 괜히 무엇이 튀는 소리가 더 크게 골목을
울린다

이윽고 장 씨! 김 씨! 소장의 호명 소리에 따라
한 사람 두 사람 양철통을 떠나는데
크르렁거리는 트럭 소리가 몇 번 나고
날이 밝아져 행인이 몇 지나가기 시작하면
가물거리다가 시들시들 그것은 꺼져 간다
사람들이 다 가고 양철통 속의 불도 다 꺼지면
아무것도 모르는 못 보던 개 한 마리가 어슬렁어슬렁
그 골목을 유유히 빠져나간다

# 옹벽

—

러시아에서 온 사내는 고향이 폴란드 옆
칼리닌그라드라고 했다
아름다운 도시예요, 떠듬떠듬 말했다
삽질을 잘했다

거푸집을 만들고 몰타르를 물에 이겨 부었다
바닥에 깔린 몰타르 푸대를 나는 어깨에 짊어지지 못했다
나는 부실한 사내였다

무너지는 옹벽 보강 작업이었다
주인집 할머니는 옻나무 뿌리를 캐라 했고
뒷집 할머니는 담벼락 무너진다고 노발대발하였다
우리는 잠시 망설였다

거푸집 사이로 몰타르가 흘러내렸다
그때 언뜻 내 눈에 비친 아버지
우리는 서둘러 틈을 막고 버팀목을 대었다

그날은 마침 주인집 할아버지 제삿날
— 우리는 뜰에 놓인 평상에서 가을볕을 쬐며 전을 먹었다

막걸리를 권했으나 나는 먹지 않았다

나는 자꾸 뒤꼍 옹벽이 잘 굳어 가고 있는가만 궁금하였다
그것이 한평생 아버지의 뼈와 살이었음을
내 가슴에서도 뭔가 우두둑 무너지고 있음을
그러나 나는 부실한 사내, 서둘러 삽을 들고 일어났다

# 달나라청소

눈물 그런 건 없어요

잘못 살았고 지금도 잘못 살고 있습니다

예수는 십자가에서 피를 흘리셨고

저는 거리에 나가 청소를 하며 먹고살고 있어요

사랑 그런 건 없습니다

이별 그런 것도 이젠 없습니다

밤이면 달이 뜨고 별들이 뜨지요

언제 한번 거기까지 올라가

달도 닦고 별들도 닦으며 살아 볼까요

예수는 제자들에게 빵을 나눠 주시고

십자가에서 피를 흘리셨습니다

저는요 그분을 잘 알아요 너무도 잘 알아요

살아 보니까 자꾸 더 알아지더라고요

오월이 지나고 이제 유월이 다 가네요

이제 더 뜨거운 꽃들이 피겠죠

참고로 저는 계단 닦는 사람입니다

제 명함 한 장 드리겠습니다

달나라청소라는 상호가 아주 큼직하게 박혀 있는

# 방

―

이불이 높게 쌓여 있는 방이다
이불 밑으로 서랍장이 있고
옆에는 밥통이 있고
그 옆에는 냉장고가 있다

하얗게 냉장고가 서 있는 방이다
옆으로 미닫이 유리문이 있고
그 안에는 싱크대가 있고
싱크대가 유리문 너머로 보인다

가스레인지에 불에 시달린 주전자가 있다
맞은편에는 세탁기가 있고
세탁기 옆에는 유리창이 있고
유리창은 열려 있다

저 유리창은 늘 열려 있다
유리창 안의 나는 방에 앉아 있고
노트북이 놓인 좌상에 앉아 있고
주전자처럼 앉아 있다

―

방바닥에 어제 벗어 놓은 양말이 있다
한 짝은 엎어져 있고
한 짝은 편안히 누워 있고
바깥은 아직 어둡고, 방바닥은 차다

# 흰 구름이 되어서

—

나는, 계단 닦는 사람입니다
흰 구름 차를 몰고 다니죠
1주일 1회 매월 6만 원 받습니다
애초에 하느님께서 나를 이 세상에 낼 적에
너는 내려가서 계단이나 닦아라 하신 것 같습니다
가끔 시를 끄적이긴 합니다만 계단, 그것이 사실 주업입
니다
물통을 차에 싣고 나는 어디든 갈 수 있습니다
쓸면서 내려오고 닦으면서 내려오고
창틀 유리창 난간 우편함까지
계단에 붙어 있는 모든 것을 닦아 드립니다
한때 사랑에도 빠져 봤지만 그것은 다 깨진 항아리였습
니다
계단을 닦아서 반짝반짝 빛이 날 때
온 세상이 빛이 나는 걸 봤습니다
나는 언제나 어디든 휘파람을 불면서 달려갑니다
아, 나를 불러 주세요
흰 구름이 되어서 당신께로 가겠습니다

—

# 지퍼

오른쪽 아랫배에 지퍼가 하나 생겼다
의사의 칼날이 지나간 자국이다
자고 일어나면 손이 저절로 거기로 간다
잘 아물었나 오돌토돌하다
겨울날 아침 학교 갈 때면
어머니가 털잠바 자끄를 입가까지 쭉 올려 줬었다
기차가 벌어진 길 문지르며 올라가듯이
그 끝에 어머니의 차가운 손이 있었다
이제 내 몸에도 생긴 지퍼 하나
이것 벌어지면 내장이 쫙 쏟아지려나
이 까짓것! 하고 힘을 쓰려다가도 멈칫한다
사람은 알고 보면 연한 살가죽이다
상처가 살이 되든지 살이 다시
상처가 되든지
나는 또박또박 걸어가야만 한다
거울 앞에 서서 나갈 준비를 한다
쭉 입가까지 지퍼를 올린다

# 빈방

문득 눈떠 주위를 보니
아무도 없다
다들 어디에 갔나
여보 여보 불러 봐도 대답이 없고
아버지 어머니 불러 봐도 대답이 없다
아이들은 어디에 갔나
교회에 갔나
학원에 갔나
다들 나만 두고
나들이 갔나
생각해 보니
기억 속의 먼 얼굴들
이제는 풀피리를 불던 아들도
서툴게 자전거를 배우던 딸애도 없다
조용한 일요일 오전이다

# 기차는 길다

복도에서
어떤 어린 여자애가
아빠, 빨리 와
아빠, 빨리 와아 한다
옛날에
내 어린 딸애도 그랬지
아빠, 빨리 와
아빠, 빨리 와아 했다
날 졸졸 따라다니던 딸애
지금은 멀리 있다

## 안개

—

여러분
여러분은지금이승을떠나고있습니다.
각자마음을정리하시고
추억속의얼굴들은지워버리십시오.

—

# 첫눈

이제 진미집 앞 쌓인 연탄 위로 눈이 내려쌓일 것이네

그 옆 참 멋없게 쭉 뻗어 서 있는 전봇대도 눈발에 젖을 것이네

그때 길들도 시름없이 묻힐 것이네

나는 그걸 아파트 베란다에서 내려다볼 것이네

또 한 해가 저문다고 온통 흰머리로 내려다볼 것이네

제3부

# 침묵을 받아먹는 우체통처럼

나도 가끔 삼 년이고 십 년이고 입을 굳게 닫고 싶을 때
있다
산사의 전나무 숲길 말없이 걷고 싶을 때 있다
침묵을 받아먹는 우체통처럼
하얗게 내리쌓이는 눈발 아래 서 있고 싶을 때 있다
그 흑백 풍경 속
그대에게 가는 발자국
침묵으로만 찍히는 발자국이고 싶을 때 있다

# 멸치

―

멸치는 쪽 말랐다
멸치는 웃고 있다
멸치는 속을 다 내놨다
나는 고추장에 찍어 먹는다
바닷물이 간을 해 놓은 몸이다
멸치는 바닷물 속에서도 웃었을까
멸치는 바닷물 속에서도 웃었을 것이다
이 작은 것들이
바닷물 속을 웃음으로 물들였을 걸 생각해 보면
바닷물 속을 아름다이 웃음으로 물결쳤을 걸 생각해 보면
나는 절로 웃음이 난다
웃음이 나서 멸치야
고추장에 벌겋게 찍은 멸치를 손가락으로 집어 들고
다정하게 불러 본다
나도 이젠 좀 쪽 말라서
속도 다 내놓고
편안하니 웃어 보고 싶은 것이다
짭짤해진 입안에
술 한 모금 들어간다

―

아직 겨울이다

아직 추운 겨울밤이다

# 냉장고

—

냉장고를 열면 냉장고의 나라가 있지
겨울왕국이라고 한단다
김치통과 날계란과 술병들
거기는 늘 춥고 고요한 세계란다
아무것도 그 고요를 깨뜨리지 못하지
나는 그 세계의 비밀을 엿보기 위해서
불시에 냉장고를 열고 들여다보지만
역시 그 춥고 환한 그들의 언어를 훔쳐 듣진 못하지
그들은 언제나 단정하고 서늘한 추위로
스스로를 통제하고 있는 듯해
계단을 오르고 오르다
우리도 언젠가는 문을 열고 들어가게 될 거야
다들 나처럼 궁금해하겠지
그래서 냉장고 문을 열어 보고 또 열어 보고 할 것 같아

—

# 찬비는 내리는데

찬비는 내리는데 한 아이가 가게 앞에서 못 박힌 듯 서 있는 저녁 담배 사러 갔다가 얘야 왜 집에 안 가니 물어보려다가 하기야 나도 집에 못 가고 이렇게 빗속에서 우산 들고 담배나 피우는데 네 집이 어디냐 물어보려다가 하기야 나도 집이 어디에 붙었는지 몰라서 못 가는 것도 아닌 바에야 이렇게 빗속에서 담배나 피우고 이제 십일월의 끄트머리 싸락눈이라도 싸락싸락 내리려나 십일월의 끄트머리 어디쯤 불이 박혀 있나 얘야 이제 그만 돌아가야지 눈 내리면 그 눈길 밟고 한번 가 보고 싶은 집 오랜만에 케이크 하나 사서 빨간 촛불 밝히고 이마를 맞대고 이마를 비벼 보고 싶은 집 찬비는 내리는데 한 아이가 가게 앞에서 못 박힌 듯 서 있는 저녁 십일월의 쓸쓸한 저녁

# 절망

절망하지 않으려고 시를 쓴다
절망하지 않으려고 집을 나서는 사내처럼
절망하지 않으려고 자동차는 달린다
절망하지 않으려고 아이들은 아이스크림을 핥고
절망하지 않으려고 꽃은 기어이 핀다
저 창문의 깨어진 유리 조각들은
절망하지 않으려고 아직도 붙어 있다
그걸 향해 기어오르는 담쟁이덩굴은
얼마나 푸른 등허린가
문득 내 손에 쥐인 재 한 줌
들썩들썩 일어서려는 게 있다

## 접시꽃 당신

주일날 오전
술 사 가지고 내 방에 오는데
어느 건물 화단에 당신은
피어 있었습니다
딱 내 눈높이에
주홍빛으로 피어 있었습니다
피어서 내 눈을 붉디붉게 찔렀습니다

# 봄날이 간다

해마다 봄이 오면 뼈마디가 쑤시는 것이
내 몸도 무엇을 피우고 싶기는 한가 보다
만발한 꽃나무보다
비쩍 마른 나무에서 삐져나온 한 무더기 꽃
더 눈이 간다
요새는 아픈 것들이 눈에 부쩍 보인다
네 마른 등짝에서
삐죽삐죽 솟아나는 꽃이파리 같은 것을
나는 쓸쓸히 바라보기만 했구나
하얗게 떨어지는 꽃이파리들
그 밑을 꿈인 듯 걷고 있자면
아, 봄날이 간다
제 등짝에 꽃 피는 줄 모르고
봄날이 간다

# 불암사 단상

불암사 간다
거기 가니 비 내려
나무들 찰랑찰랑 깊기만 하다
암벽을 파 내린 불상 앞에
촛불은 타고
스님도 없는 종각
뎅뎅뎅 우는 소리
손 한 번 모으고
눈 감고
물 한 모금 먹고
낯 씻고
한 얼굴을 만나고
한 얼굴을 버린다
비에 젖은 산사
돌아서는 사내야

제4부

# 무당벌레

비가 갠
이른 아침이었네

고추 따다가
고춧잎에 붙어 있는 무당벌레 보았네

꼬물꼬물 어디를 가고 있었나
꼬물꼬물 무엇을 하고 있었나

무당벌레는 무슨 나쁜 짓 하다 들킨 것처럼
얼굴을 감추고 보여 주지 않았네

검은 점이 박혀 있는
주황색 등짝만 보여 주었네

나는 들췄던 고춧잎을
다시 덮어 주었네

# 비구름

시가 별거냐 하는 소리가 사는 게 별거냐 하는 소리로 들
렸다 여기 비 막 쏟아져요 아 저기 모여 있는 게 비구름이
구나 또 여기저기 전화를 했지 몸이 끈적거려 누워 있다
벌떡 일어나 웃통을 벗고 냉커피를 타 마셨다 지금이 몇
년대야? 우리는 조그만 도시에서 살았지 도시는 우리를 키
워 내고 길들이다가 이제는 부려 먹고 있잖아 아이 아직
도 안 오냐? 어머니는 가끔 뜬금없는 소리를 한다 수요일
에 간다고 했잖아요 여기가 너무 덥구나 벌초를 해야겠더
라 이번 생은 베렸다고 황지우가 한마디 했지 자다 일어나
기형도의 위험한 가계를 봤다 시가 별거냐 저기 모여 있는
게 다 비구름이구나 비구름이구나

# 그네

나란히 매달린 빈 그네를 보면
거기에 꼭 누가 나란히 앉아 있는 것 같다

거기에 꼭 누가 나란히 앉아서 가만가만 흔들리는 것 같다
도란도란 무슨 이야기를 나누고 있는 것 같다

가을 햇살 서늘한 동네 공원 벤치에 앉아
빈 그네를 본다
빈 세월을 본다

# 진기리

땡볕이 내리는 한쪽 그늘에 자리를 잡고 앉아 참깨를 터는
어머니 옆얼굴이 벌겋다

뒤에서 폰을 꺼내 들고 찰각찰각 사진을 찍어 대니 사진
같은 것 찍어 쌓지 마라 하신다

참깨는 털리고 털리고 참깻대가 한쪽에 차곡차곡 쌓인다

뒤안에는 작은 항아리들과 약탕관이 텅 비어서 시멘트
바닥 위에 전시된 것처럼 놓여 있다

텃밭에는 누런 고양이 한 마리가 무성한 고춧대 밑을 기
어가고 있다

큰비가 지나간 앞 냇물은 쓸려 온 모래 위를 투명하게 어
루만지듯 흘러간다

밥상엔 닭 국물에 호박잎이 있고 나는 밥을 호박잎에 싸서
늦은 점심을 먹는다

옆집 닭들은 날이 너무 뜨거운가 조용하기만 하다

마당엔 벌건 고추들이 널려서 햇볕에 바싹바싹 타고 있다

# 대상포진

비가 와도 돈이 나오고 눈이 와도 돈이 나오고 누워 있어도 돈이 나오는데 그 좋은 걸 때려쳤냐 어디 가서 니가 따뜻한 밥 먹겠냐 노가다가 쉬운 줄 아냐 니 동생들 봐라 다 힘들어도 살라고 그리 애쓰는디 아따 시나 써 봐라 밥이 나오냐 돈이 나오냐 니 마누라 그 고운 니 새끼들 내가 볼 낯이 없다

대상포진으로 누워 계시는 어머니 병실에 가서 알았다
내가 대상포진이었다는 것을

# 미역국

오늘은 어머니 생신날

새벽에 일어나 동생은 미역국을 끓였다
실직을 한 뒤로 동생은 많이 아팠다
동생은 밝지 못했지만 차분했다
국에 마른 홍합을 넣었다

어머니는 나이 든 두 아들 곁에서 미역국을 드셨다

베란다에 나가 밖을 내다보니 어둠 속에 희끗희끗한 것들
이 보였다
미역 줄기 같은 어둠 속에서 희끗희끗한 것들이 어지러이
날리고 있었다
직장을 그만두고 청소일을 시작한 지가 어느새 이 년을
넘었다
냉장고를 열어 보고 핀잔하며 치우는 동생과 어머니의
가벼운 푸념 소리가 등 뒤에서 들렸다

내가 말야 요즘 고스톱 게임을 하는데 그게 아랫판에서는
아무리 열심히 쳐도 그게 그거더라

　근데 위로 올라가서 한판 크게 치면 거기에서 승부가 나
더만
　동생과 아파트 아래 주차장에서 담배를 피우며 나는 인생
교훈을 날렸다
　지금은 숨만 쉬고 살자 살아만 있으면 나중에 한번 크게
뜨는 수가 있어
　한 줄기 희망이라도 발견한 듯 동생의 어둔 얼굴에 가만히
웃음이 피었다


　나는 동생이 어젯밤 삶은 수육 남은 것과
　어머니가 싸 주신 다진 양념이 들어 있는 비닐봉지를 달
랑달랑 들고
　트럭으로 향했다
　트럭에 올라앉아 시동을 걸었다
　내 몸이 몹시 뜨거웠다

# 무

시골집 텃밭에 쭈그려 앉아 무를 뽑았다
희고 투실투실한 무였다
너희들 나눠 주고도 이걸 다 어떻게 허냐
시장에 나가서라도 팔아 볼거나
어머니는 뜻하지 않은 욕심이 생겼다
머릿속을 텅 비게 해 주는 무였다
손이 부지런히 움직였고 마음은 쉬었다
뽑아낸 자리마다 근심을 묻었다
이 무를 숭숭 썰어 넣고 국을 끓이면 얼마나 시원하려나
내 근심 묻은 자리마다 무가 다시 자라날 것을
어머니도 알고 나도 알았다
애초에 어머니도 무였고 나도 무였으니
그러니 걱정할 게 아무것도 없었다

## 울먹울먹

이백면 잡풀 속에 덮인
아버지 무덤 보고 오는 길

이 한여름 펄펄 끓는 속에서
얼마나 답답허셨겄냐

전주 동부도로 타고
아중리 넘어오는데

장마철 하늘이
어둑어둑

어머니 두 눈이
울먹울먹

제5부

# 아내

내 깜냥엔
야무지게 비틀어서 짜냈다 하고
널었던 것들

아내가 말없이 다가와서
한두어 번을
더 비틀어 짠다

뚝,
뚝,
물이 떨어진다

## 살구나무

이 세상은
어쩜 커다란 살구나무인지도 몰라

우리가 이렇게 재잘재잘 놀고 있는 곳
때로는 가슴 아프게 밥 먹고 헤어지는 곳

다시 만나자 약속하는 곳
살구나무 하루가 수없이 지나가는 곳

# 재봉틀

재봉틀 앞에 한 여자가 앉아 있었다

인형처럼 그 뒷모습 옆모습으로 앉아 있었다

무슨 꿈을 꾸고 있는지는 알 수가 없었다

너무 오랜 세월 동안 미동도 없이 그렇게 앉아 있었다

여보, 하고 어깨에 손을 얹으면 와르르 무너져 내릴 것만
같아

너무 오랜 세월 동안 그렇게 바라보기만 하였다

# 라면을 끓이며

라면이라는 형식
라면이라는 육체
물이 끓을 때 눈이 내리고
나는 젓가락을 들고 눈을 보네

여인, 여인이라는 형식
여인이라는 육체
여인이라는 낱말도 끓을 수 있을까
여인이 웃을 때 나는
젓가락 두 짝을 들고
그녀를 보네

다시 눈발, 눈발이라는 형식
눈발이라는 육체
나도 저렇게 가벼이 날릴 수 있다면
날린다는 말, 날린다는 말은 또한
얼마나 좋은가

냄비 뚜껑을 열고 나는
뿌연 그 속으로 들어가네

# 빗소리

울어서
새인 줄을
알았습니다

눈부셔서
빛인 줄을
알았고요

향기 좋아
당신인 줄을
알았습니다

허공을 더듬어
손을 내어 봅니다

# 나무 의자

이 나무 의자는
누가 앉으면 삐걱삐걱합니다
하지만 아무도 앉아 있지 않으면
왠지 좀 쓸쓸해 보여요
이 나무 의자는
삐걱삐걱할 때만 살아 있는 것 같아요
너무 단단한 것은
왠지 좀 쓸쓸해 보여요

# 앵두꽃 핀 그 옆에

아무도 슬퍼하지 않으니
나무가 그 슬픔을 꽃으로 피우네

아무도 기뻐하지 않으니
꽃이 그 기쁨을 제 잎으로 펼치네

슬픈 몸에서 기쁨이 피어나네
그 옆에 내가 환하게 서 있네

# 밥솥

밥이 되는 소리처럼
뜨거운 소리 있겠는가
기차가 달리는 소리처럼
뜨거운 소리 있겠는가
해가 떠오르는 모습처럼
뜨거운 그림 있겠는가
해가 떠서
그 펄펄 끓는 쇳물을 다 쏟아 주고 있는 아침
밥이 다 되었다는 밥솥의 전언

# 힘

땀 뻘뻘 쏟으며 트럭 한 대가 섰다
트럭에서 내린 반바지 중년 사내가
맥주 세 박스를 등에 지는데
나 서 있는 오 층 베란다까지
끄응!
소리가 다 들렸다
부들부들 두 다리에 힘을 주고
단란주점 계단을 올라가서는
그리고
끄응!
하고 내려놓으리
세상을 한번 들었다 내려놓는 일
저렇게 죽을힘을 다 쓰는 일이다
너도 한번 죽을힘을 다 써 봐라
비로소, 살아갈 힘이 생기지 않겠는가

# 애착 냄비

내가 애용하는 찌그러진 냄비가 있다
찌그러진 냄비에 찌개를 끓이면
찌개도 찌그러져서 끓는다
어차피 찌그러진 인생 아닌가
세상에 냄비 하나 끓는 일의 뜨거움을
그대는 잘 아는가
아무리 번듯한 사내라도 이 냄비에 수저를 넣기 위해선
겸허히 찌그러질 줄 알아야 한다
눈 펄펄 내리는 어느 겨울날
그대와 나 이 찌그러진 냄비에 수저를 담그자
입김 후후 불며 소주나 한잔 나누자
여기까지 왔다고
여기까지 우리가 왔다고

# 늦겨울

찬물에 손을 담그고 사는 여자와
무거운 벽돌을 지고 오르며 사는 남자가
헤어지는 아침
이따 저녁에 만나, 하고
헤어지는 아침

# 마루

왜 아무것도 하기 싫은가
햇빛은 따뜻하고
텃밭의 흙은 촉촉하고
왜 나는 아무것도 하기 싫은가
마늘밭 마늘들은 새로 파릇파릇 올라오고
옆집 백구는 뛰어와서 까부는데
왜 나는 오늘 이렇게 멍하기만 한가
겨우내 웅크렸던 몸
겨우내 웅크렸던 사랑
겨우내 돌 하나 품고 살았던 것이
이제서야 풀어지는가
이제서야 눈물 나는가
마루에 넋 놓고 앉아서
봄이 오는 저 먼 산을
젖은 눈으로 보네

# 겨울비에 젖으며

기차가 지나가는 것을 보았다
작은 성냥갑들이 줄줄이 매달려 있었다
기차가 겨울비에 젖으며 지나가는 것을 보았다
저 작은 성냥갑 속의 사람들
저 작은 성냥갑 속에 들어 있는 성냥개비들
저 젖은 성냥갑은 저 젖은 머리통들은
불을 켤 수 있을까
젖은 몸에 젖은 머리를 부딪치면
젖은 불이 피어오를까
젖은 불은 젖은 불빛은 따뜻할까
그냥 눈물겨울까
겨울비에 젖으며 기차가 지나가는 것을 보았다

# 아궁이

불꽃을 보면서 당신을 보고 당신을 지웠습니다
어떤 길들이 아름답게 펼쳐지다가 사그라드는 것을 보았
습니다
욕망이라고 합니다만 그 불꽃이 너울거릴 때가 한복판에
있었습니다
어떤 고개를 넘을 때가 절정이었습니다
불꽃이 시들해지면 마른 들깻대를 쑤셔 넣습니다
타닥타닥 이글이글 잘 타오릅니다 저 속,
옛날 마을의 아이도 젊을 때의 청년도 다 들어 있습니다
부지깽이가 한번 불 속을 후비고 나옵니다
각을 세우고 기대고 올라탔던 것들이 무너져 내리면서
갑자기 나비 떼 같은 것들이 불길 속에 떠오릅니다
당신이 그립다는 말은 차마 못 하겠습니다
저 어둠 속에서 타닥타닥 타다가 우리도 언젠가는 잠들겠
지요
등 뒤로 저녁 어스름이 건너오고 있었습니다

# 앵두

앵두는 빨갛게 익었는데
아무도 따 가지 않네
앵두나무 옆에서 걸레를 빨다가
한 알 입에 넣어 보았네
붉은 네 입술을 깨물 듯
앵두는 톡, 하고 터졌네
시었네
그것은 몹시 시었네
나는 그 어떤 얼굴을 잠깐 보았네

# 계단

이 계단을 다 올라가면 무엇이 있을까요?
문이 하나 있을 것 같아요
그 문을 열면
갑자기 환한 빛이 쏟아져 나오고
아마 거기에 진짜
하늘로 오르는 계단이 있지 않을까요
그때는 나도 그만 빛이 되어 사라지지 않을까요

# 기차

기차는 길다
괴로움의 증거다

달려가라
달려가라

# 마지막 낭만을 살다 간 시인의 안부를 묻다

이경수(문학평론가)

1.

나이를 먹을수록 세상만사에 덜 들썩이게 되는 것 같다. 아름다운 문장이나 심장을 쿵 떨어뜨리는 문장 앞에 자주 멈춰 서곤 했는데 점점 무뎌지는 것 같다는 생각을 하게 된다. 텅 빈 아름다움이나 낯설고 새로운 감각보다는 투박해도 마음을 울리는 시에 더 감응하게 되는 것도 어쩌면 그런 까닭인지 모르겠다.

비록 제도권 문단에서 시인이라는 이름을 얻고 살아가지는 못했어도 일상에서 마주치는 꽃이나 나무, 구름, 소박한 음식, 일터에서 만나는 사람들 하나하나에서 시를 발견하며 마지막 순간까지 시를 써 온 하상욱 시인이야말로 누구보다 오롯한 시심을 품고 살아온 시인이 아닐까 한다. 소박하고 단출한 그의 시에서 연민과 사랑과 뚝심을 읽는다. 그것은 세상과 사람들을 향한 것이기도 하고 시를 향한 것이기도 하다.

하상욱의 시는 생명을 귀히 여길 줄 안다. 호박 하나에서도 호박이 여물기까지 흘러간 시간을 읽어 낼 줄 아는 시선을 지녔다. "잘 여문 어둠"과 "쩌렁쩌렁/박혀 있"는 "햇살", "별들의 잉잉거리는 날갯짓/나비의 그림자", "구불텅구불텅 길 하나가/마을로 마을로/내려오고 있"는 풍경까지 보아 내는 시선이 대상에 새로운 생명력을 불어넣는다. 비단 호박뿐이겠는가. 하상욱의 시선이 가닿은 자리에서는 "우리가 울고 웃었던/세월이 출렁이며/고여 있"다.(「호박」)

이렇듯 대상에 대한 사랑과 연민의 시선을 지닌 하상욱이지만 "문득 눈떠 주위를 보니/아무도 없"는 외롭고 쓸쓸한 시간을 살고 있었던 것으로 보인다(「빈방」). 다 돌려주고 비워 내서 정작 자신은 텅 비어 버렸거나 자신에게는 그렇게 너그럽지 못했던 것일지도 모른다. 무언가를 놓치고 상실한 사람에게서 느껴지는 외로움과 쓸쓸함이 하상욱 시의 정서적 바탕을 이룬다. 그런 까닭에 "아무도 앉아 있지 않"거나 "너무 단단한 것은" "왠지 좀 쓸쓸해 보"인다는 것을 하상욱 시의 주체는 경험적으로 안다. "누가 앉으면 삐걱삐걱"하는 "나무 의자"를 보며 "이 나무 의자는/삐걱삐걱할 때만 살아 있는 것 같"다고 말하는 시의 주체는 쓸쓸함을 아는 사람이기에 "삐걱삐걱"대며 더불어 살아가는 것의 의미를 또한 누구보다 잘 알고 있을 것이다.(「나무 의자」)

이 험난하고 고단한 현실 속에서도 우리를 살아가게 하는 힘은 어디에 있을까? 하상욱 시의 주체는 "절망하지 않으려고" 살아가는 대상들의 안간힘을 보아 낼 줄 안다. "절망하지 않으려고 집을 나서는 사내처럼/절망하지 않으려고 자동차는 달"리고 "절망하지 않으려고 아이들은 아이스크림을 핥고/절망하지 않으려고 꽃은 기어이 핀다". 사람과 생명을 지닌 존재들뿐 아니라 사물들까지도 절망하지 않으려고 기를 쓰고 버티고 있다는 것을 "절망하지 않으려고 시를" 쓰는 시인은 안다. 사랑과 연민과 미련의 감정이 남아 있는 한, 그래서 기를 쓰고 무언가를 하거나 버티고 있는 한 우리는 살아갈 것이다. "담쟁이덩굴"의 '푸른 등허리'처럼 "들썩들썩 일어서려는" "재 한 줌"처럼.(「절망」) 삶을 향한 의지를 놓게 되는 것은 절망 때문임을 하상욱의 시는 꿰뚫어 본다.

2.

하상욱의 시에는 음식을 먹는 장면이 자주 등장한다. 음식이야말로 생을 이어 가는 데 필수적인 요소이자 삶의 즐거움을 알려 주는 것이다. 살아오면서 경험한 소중한 시간을 기억하게 하는 중요한 매개이기도 하다. 하상욱의 시에서도 음식이 등장하거나 음식을 먹는 장면이 등장하는 경우는 대개 그런 의미를 지닌다.

> 밤에, 문득, 국수를 먹고 싶었다
> 냉장고에 국수 한 사리가 있는 것을 보았다
> 먼지바람에 부대끼고 돌아와
> 축 늘어진 창자 속에

뜨거운 멸칫국물에 담긴 저 순한 국수를 넣어 준다면

얼마나 좋아할 것인가

이 한밤중에 국수를 끓여 먹는 일은

이 한밤중에 자기를 진정으로 사랑하는 일임을

나는 비로소 알았다

어머니 몰래 불을 켜고

냄비에다 물을 팔팔 끓이리라

길 가던 누가 이 깊은 밤 어느 아파트 창에

불이 반짝 켜지는 것을 올려다보면

배가 고프리라

참 맑게 배가 고프리라

—「국수」 전문


　"밤에, 문득, 국수를 먹고 싶"은 식욕이 생긴다는 것은 그만큼 삶의 욕구가 있다는 뜻이겠다. 바깥의 노동에 지쳐 "먼지바람에 부대끼고 돌아와/축 늘어진 창자 속에""뜨거운 멸칫국물에 담긴 저 순한 국수를 넣어" 주는 상상만으로도 지친 몸과 마음에 다시 살아갈 생기가 솟아날 것만 같다. 그것은 분명 지친 창자를 위해서도 고단한 몸과 마음을 위해서도 좋은 일일 것이다. 그러므로 시의 주체는 말한다. "이 한밤중에 국수를 끓여 먹는 일은/이 한밤중에 자기를 진정으로 사랑하는 일"이 아니겠냐고 말이다. 국수를 끓이는 노동을 다른 이의 손을 빌리지 않는 것도 눈여겨볼 만하다. "어머니 몰래 불을 켜고/냄비에다 물을 팔

팔 끓이"는 마음처럼 말이다. "길 가던 누가 이 깊은 밤 어느 아파트 창에/불이 반짝 켜지는 것을 올려다보면" 그 불빛만으로도 "배가 고"플 것이다. 오래전 골목에 옹기종기 모여 있는 집들에서 저녁연기가 피어오르면 그것만으로도 저녁의 온기가 골목과 온 동네에 퍼져 갔듯이, 국수 끓이는 냄새도 아파트 벽을 넘어 따뜻한 식욕과 온기를 피어오르게 할 것이다. 그것을 하상욱의 시는 "참 맑게 배가 고프리라"고 말한다. 배가 고프다는 몸의 신호만큼 정직한 것이 있을까. 불빛과 냄새로 퍼지는 배고픔의 신호는 "참 맑"은 것이 아닐 수 없다.

  하상욱의 시는 "콩나물국을 잘 끓이"시던 "우리 외할머니"가 "쌔캄아 쌔캄아/가게 탁자 밑에 숨은/새까만 고양이를 부르시던 모습"과 "거칠고/씹으면 아삭아삭했"던 외할머니의 콩나물의 식감을 불러내기도 하고(「용머리고개」), "땡볕이 내리는 한쪽 그늘에 자리를 잡고 앉아 참깨를 터는 어머니"의 벌건 "옆얼굴"과 "닭 국물에 호박잎이 있"는 밥상에서 "밥을 호박잎에 싸서 늦은 점심을 먹"던 '나'의 모습을 불러오기도 한다(「진거리」). 하상욱의 시가 그려 내는 밥상의 풍경에는 "나이 든 두 아들 곁에서 미역국을 드"시는 '어머니'도 등장한다. "지금은 숨만 쉬고 살자"며 서로를 위로하는 가족이 밥상 앞에 마주 앉아 있다.(「미역국」) 조금은 쓸쓸하지만 그래도 여전히 따뜻한 밥상 공동체가 나누는 마음이 독자들에게도 위로를 건넨다.

항아리가 숨을 쉰다는 얘길 들었다

항아리가 숨을 쉬니까 그 속에 담긴

된장도 고추장도 숨을 쉴 거다

된장도 고추장도 숨을 쉬니까

된장을 푼, 고추장을 풀어 끓인 찌개도 보골보골

숨을 쉴 거다

된장을 푼, 고추장을 풀어 끓인 찌개도 보골보골 숨을 쉬니까

이리저리 치이다 돌아온 당신도

숨을 쉬며 살아가는 거다

뜨순 밥에 찌개 한 냄비 뚝딱 해치우고

잠든 당신의 가슴이, 배가 오르락내리락한다


집은 커다란 항아리

—「항아리」 전문


　하상욱의 시가 그리는 밥상 공동체는 결국 숨을 쉬고 숨을 쉬게 하는 "항아리" 같은 것이다. "항아리가 숨을 쉬니까 그 속에 담긴/된장도 고추장도 숨을" 쉬고, "된장"이나 "고추장을 풀어 끓인 찌개도 보골보골" 숨을 쉰다. 숨 쉬는 찌개를 먹는 "이리저리 치이다 돌아온 당신도/숨을 쉬며 살아가는" 힘을 얻는다. 그렇게 숨을 쉬는 모든 존재들이 살아가는 집도 숨을 쉬는 "커다란 항아리"가 된다. 밥상 공동체는 이렇게 숨 공동체가 된다. "커다란 항아리"야말로 하상욱 시의 주체가 상상한 숨 공동체의 현시이자 세계

의 비유라고 할 수 있다.

　　내가 애용하는 찌그러진 냄비가 있다
　　찌그러진 냄비에 찌개를 끓이면
　　찌개도 찌그러져서 끓는다
　　어차피 찌그러진 인생 아닌가
　　세상에 냄비 하나 끓는 일의 뜨거움을
　　그대는 잘 아는가
　　아무리 번듯한 사내라도 이 냄비에 수저를 넣기 위해선
　　겸허히 찌그러질 줄 알아야 한다
　　눈 펄펄 내리는 어느 겨울날
　　그대와 나 이 찌그러진 냄비에 수저를 담그자
　　입김 후후 불며 소주나 한잔 나누자
　　여기까지 왔다고
　　여기까지 우리가 왔다고

　　　　　　　　　　　　　　　　—「애착 냄비」 전문

　시의 주체가 애용하는 "찌그러진 냄비"는 "찌그러진 인생"에 대한 환유이다. "어차피 찌그러진 인생"도 "세상에 냄비 하나 끓는 일의 뜨거움"을 모르지 않는다. 지친 몸을 이끌고 일터에서 돌아와 "애용하는 찌그러진 냄비"에 "찌개를 끓"여 밥을 먹는 시간은 자신을 닮은 "찌그러진 냄비에 수저를 담"가 살아갈 숨을 다시 불어넣는 시간이자 "입김 후후 불며 소주나 한잔 나누"는 시간일 것이다. "아무리 번듯한 사내라도 이 냄비에 수저를 넣기 위해선", 다시 말해 더불어 살아가기 위해서는 "겸허히 찌그러질 줄 알아야 한다"고 시의 주체는 말한다. 찌그러진 인생이든 번듯한 인생이든 찌개 냄비에 수저를 넣으며 함께 밥을 먹고 소주를 나누는 시간을 어찌 부정할 수 있겠는가. 그것은 "여기까지 왔다고/여기까지 우리가 왔다고" 서로를 북돋워 주는 숨 공동체의 시간이겠다.

3.

더불어 살아가는 일의 온기와 쓸쓸함을 아는 하상욱 시의 주체는 일상의 소소한 기쁨이 얼마나 소중한 것인지도 잘 알고 있다. "방 안에 있는 동전들 다 모아 오천 원을 만들고/마트에 가서 소주 큰 것 하나 사니/삼백 원이 남았"는데 그때의 "삼백 원"이 "얼마나 예쁜 돈"인지 아는 것이다. 동전을 탈탈 털어 소주 한 병을 사고도 삼백 원이나 남았을 때 소주 한 병은 세상 무엇과도 바꿀 수 없는 만족스러운 것이었을 텐데 거기에 삼백 원씩이나 남았으니 얼마나 소중한 삼백 원이겠는가. 그러므로 시의 주체는 말한다. "내 남은 생도/이 삼백 원처럼만 맑았으면" 하고. 심지어 "불 켜진 내 방이 환하게 보"이기까지 했다고 말이다.(「삼백 원」)

나는, 계단 닦는 사람입니다
흰 구름 차를 몰고 다니죠
1주일 1회 매월 6만 원 받습니다

애초에 하느님께서 나를 이 세상에 낼 적에

너는 내려가서 계단이나 닦아라 하신 것 같습니다

가끔 시를 끄적이긴 합니다만 계단, 그것이 사실 주업입니다

물통을 차에 싣고 나는 어디든 갈 수 있습니다

쓸면서 내려오고 닦으면서 내려오고

창틀 유리창 난간 우편함까지

계단에 붙어 있는 모든 것을 닦아 드립니다

한때 사랑에도 빠져 봤지만 그것은 다 깨진 항아리였습니다

계단을 닦아서 반짝반짝 빛이 날 때

온 세상이 빛이 나는 걸 봤습니다

나는 언제나 어디든 휘파람을 불면서 달려갑니다

아, 나를 불러 주세요

흰 구름이 되어서 당신께로 가겠습니다

—「흰 구름이 되어서」 전문

　　하상욱의 유고 시집에는 노동하는 주체가 등장하거나 노동의 가치에 대한 시인의 생각을 짐작할 수 있는 시가 여러 편 실려 있다. 짬짬이 시를 써 왔지만 스스로를 "계단 닦는 사람"이라 인식하고 있는 노동하는 주체는 누구보다 노동의 가치를 잘 알고 있다. 가령 "세상을 한번 들었다 내려놓는 일"이 "저렇게 죽을힘을 다 쓰는 일"임을 알기에 "너도 한번 죽을힘을 다 써 봐라" 권유한다. 그래야만 "비로소, 살아갈 힘이 생"길 것임을 알고 있기 때문이겠다.(「힘」)

　　이 시의 주체는 "흰 구름 차를 몰고 다니"며 "계단 닦는

사람"이다. "1주일 1회 매월 6만 원 받"는 노동이다. "가끔 시를 끄적이긴" 하지만 "계단 닦는" 일이 "주업"임을 고백 한다. "계단 닦는" 일이 "주업"이지만 "물통을 차에 싣고" "어디든 갈 수 있"고 "창틀 유리창 난간 우편함까지/계단 에 붙어 있는 모든 것을 닦아" 주는 일이 그의 일이다. 이 일을 시의 주체는 소중히 여겼던 것 같다. "계단을 닦아서 반짝반짝 빛이 날 때/온 세상이 빛이 나는 걸 봤"다고 그는 말한다. 계단을 닦아 반짝반짝 빛이 나게 하는 일은 세상 을 닦는 일만큼이나 보람 있게 느껴지지 않았을까. "언제 나 어디든 휘파람을 불면서 달려"가겠다고 할 만큼 아름다 운 노동이 아니었을까 싶다.

눈물 그런 건 없어요

잘못 살았고 지금도 잘못 살고 있습니다

예수는 십자가에서 피를 흘리셨고

저는 거리에 나가 청소를 하며 먹고살고 있어요

사랑 그런 건 없습니다

이별 그런 것도 이젠 없습니다

밤이면 달이 뜨고 별들이 뜨지요

언제 한번 거기까지 올라가

달도 닦고 별들도 닦으며 살아 볼까요

예수는 제자들에게 빵을 나눠 주시고

십자가에서 피를 흘리셨습니다

저는요 그분을 잘 알아요 너무도 잘 알아요

살아 보니까 자꾸 더 알아지더라고요

오월이 지나고 이제 유월이 다 가네요

이제 더 뜨거운 꽃들이 피겠죠

참고로 저는 계단 닦는 사람입니다

제 명함 한 장 드리겠습니다

달나라청소라는 상호가 아주 큼직하게 박혀 있는

—「달나라청소」 전문

"달나라청소"라는 상호가 아주 큼직하게 박혀 있는 "명함 한 장" 나눠 주면서 시의 주체는 "계단 닦는" 일을 하며 살아간다. 어디든 부르는 곳으로 달려가 계단뿐 아니라 계단에 붙어 있는 것들도 함께 청소하며 살아가는 청소업체 일을 하지만 그의 꿈은 원대해 보인다. "밤이면 달이 뜨고 별들이 뜨"는 것을 보면서 "언제 한번 거기까지 올라가" "달도 닦고 별들도 닦으며 살아" 보는 것이 그의 꿈이었을 것이다. 실현 불가능해 보이는 낭만적인 꿈이지만 그래서 그의 명함에는 "달나라청소"라는 상호가 아주 큼직하게 박혀 있"다. 계단을 청소하며 달과 별을 청소하는 꿈을 꿔 온 시의 주체를 어찌 시인이라 부르지 않을 수 있을까.

눈물, 사랑, 이별 같은 것은 이제 없다고 말하지만 그의 시에서는 체념보다는 눈물과 사랑이, 꿈과 낭만이 더 가까이 느껴진다. 달나라를 청소하고 별나라를 청소하는 일도 그의 꿈에서는 가능했을지도 모르겠다. "살아 보니까" "제자들에게 빵을 나눠 주시고" "십자가에서 피를 흘리"신 "예수"가 "자꾸 더 알아지더라고" 말하는 시인. "거리에 나가 청소를 하며 먹고살"지만 언젠가는 달과 별을 청소하겠다고 말하는 시인. 아마도 하상욱 시인은 지금쯤 소망하던 대로 그곳에서 달나라를 청소하며 살고 있을지도 모르겠다. 달을 닦고 별을 닦으며 떠나온 지구도 좀 더 빛나기를 바라면서 말이다.


인력사무소 앞 골목에는

양철통이 하나 있다

날이 추워지면 소장은

인부들이 실어 온 나무를 퍽퍽 구둣발로 밟아 쪼개고

신문지에 불을 붙인다

새벽이면 어디에서 자다 나온 부석부석한 얼굴들이 모여들어서

이 양철통을 둘러싸고 불을 쬐는데

거기에는 나무 캐는 황 씨 아저씨도 있고

벽돌 지는 기준이도 있다

양철통에서 모가지까지 올라온 불꽃이 날름대며

그들의 옆얼굴을 벌겋게 핥아 대는데

나무만 타는 게 아니라

각목에 박힌 녹슨 못도 타는 것이 보인다

거기에는 허물어지는 여자의 얼굴도 있고

몇 푼 남지 않은 빈 통장도 탄다

누가 우스갯소리를 하면 같이 킥킥거리다가도

순간적으로 말문이 막히면 골목은 갑자기 괴괴해지고

양철통 속에서 괜히 무엇이 튀는 소리가 더 크게 골목을 울린다

이윽고 장 씨! 김 씨! 소장의 호명 소리에 따라

한 사람 두 사람 양철통을 떠나는데

크르렁거리는 트럭 소리가 몇 번 나고

날이 밝아져 행인이 몇 지나가기 시작하면

가물거리다가 시들시들 그것은 꺼져 간다

사람들이 다 가고 양철통 속의 불도 다 꺼지면

아무것도 모르는 못 보던 개 한 마리가 어슬렁어슬렁

그 골목을 유유히 빠져나간다

—「그 골목」 전문

   일자리를 구하려는 사람들이 모여드는 "인력사무소 앞 골목에는/양철통이 하나 있다". "새벽이면 어디에서 자다 나온 부석부석한 얼굴들이 모여들어서/이 양철통을 둘러싸고 불을 쬐는" 그 골목에는 "나무 캐는 황 씨 아저씨", "벽돌 지는 기준이"도 모여든다. 일자리가 급해 모여든 사람들에게 온기를 나눠 주는 양철통 불꽃은 나무뿐 아니라 "각목에 박힌 녹슨 못"도 태우고, "허물어지는 여자의 얼굴"이나 "몇 푼 남지 않은 빈 통장"에도 일렁인다. 밤을 지나 새벽 시간까지 "크르렁거리는 트럭 소리가 몇 번 나고" "날이 밝아" 오면 양철통 불꽃은 "가물거리다가 시들시들" "꺼져 간다". "사람들이 다 가고 양철통 속의 불도 다 꺼지면" 언제 그런 일이 있었냐는 듯 인력사무소 앞은 조용해지고 "아무것도 모르는 못 보던 개 한 마리가 어슬렁어슬렁/그 골목을 유유히 빠져나간다". 인력사무소가 있는 그 골목의 밤부터 동이 터 올 때까지의 풍경을 하상욱의 시는 한 폭의 그림처럼 보여 준다. 하루하루 노동력에 기대 근근이 살아가는 사람들이 만들어 내는 그 골목의 풍경에 시의 주체 역시 함께했던 시절이 있었을 것이다.

4.

　자세한 사정은 알 수 없지만 가끔 시를 끄적이며 계단 청
소를 하며 살아온 하상욱 시의 주체는 가족과 떨어져 외로
운 시간을 살아오기도 했던 것 같다. 무언가를 잃어 본 사
람이 가지고 있는 상실감과 그로부터 빚어지는 쓸쓸함이
하상욱 시의 주조를 이루는 까닭도 어쩌면 거기에 있을지
도 모르겠다. 하상욱의 시에서는 세상을 향한 관조나 거리
두기의 태도가 종종 발견된다. "쪽문 앞 개망초 작은 꽃들
을/쪼그리고 앉아서 보"면서 시의 주체는 "세상이 아름답
기만 하"지도 "그렇다고 세상이 노엽기만 하"지도 않다는
것을 생각한다(「개망초」). 아름답기도 하고 노엽기도 한 세상.
내 편인 것 같다가도 뒤통수를 후려치는 세상을 여러 차례
겪어 본 이의 시선이 거기서 느껴진다.

　　당신은 너무 많이 가지려고 하니까
　　모자를 벗지 못하는 거야
　　당신은 너무 많이 괴로워하니까
　　모자를 벗지 못하는 거야
　　이제 그만 모자를 벗어 봐
　　그리고 의자를 하나 뜰에 내놓고
　　가만히 앉아 있어 보는 거야
　　이제서야 루트에서 나왔다고
　　이제서야 루트 속에 웅크렸던 당신을
　　추억할 수 있겠다고

　마치 모자 같은 루트를 벗는 법은 생각보다 간단하지만 "당신은 너무 많이 가지려고 하니까/모자를 벗지 못하는 거"라고 시의 주체는 충고한다. 너무 많이 가지려는 욕심이 눈을 가려 쉬운 길을 보지 못하게 가로막는 것이겠다. 비단 루트뿐이겠는가. 세상만사가 어쩌면 다 그럴 것이다. "너무 많이 가지려고 하니까" "너무 많이 괴로워하니까" "모자를 벗지 못하는" 것이다. 욕심이든 괴로움이든 적정선을 지키지 못하고 넘치면 그때부터는 쉬운 길도 보지 못하고 엉키게 되는 것일 테다. 시의 주체는 "이제 그만 모자를 벗어" 보라고 충고한다. "의자를 하나 뜰에 내놓고/가만히 앉아 있어 보"면 보이지 않던 것들이 비로소 보이기 시작할 것이다. 욕심과 괴로움의 안개가 걷히고 모자를 벗을 수 있는 방법을 자연스럽게 알게 될 것이다. 의자는 그런 관조와 거리 두기의 시선을 마련해 준다. "나는 지금 이 순간 어느 줄에 걸터앉아 세상을 보고 있을까/어떤 소리를 내고 있을까"라고 하상욱 시의 주체는 자문하며 성찰의 시선을 던지곤 한다(「악보」).

　　햇빛 잘 드는 툇마루에 앉아
　　신문지 펴고 손톱이나 깎는
　　그런 오후였으면 좋겠네
　　햇빛이 구석구석 적셔 주면

그게 약이지 다른 약 있나

화단엔 철쭉꽃 화사하게 피었고

가끔 지나가는 채소 트럭 확성기 소리

햇빛 잘 드는 툇마루에 앉아

시장에 장 보러 간 당신이나 기다렸으면 좋겠네

아직 남아 있는 햇빛을

당신과 나란히 쬐어 보고 싶다고

생의 이 적막한 오후를

더듬네

—「툇마루」 전문

　　시의 주체가 앉아 있고 싶어 하는 "햇빛 잘 드는 툇마루"
역시 세상을 관조적 자세로 바라보는 의자의 일종이다.
"툇마루에 앉아/신문지 펴고 손톱이나 깎는/그런 오후"
를 주체는 꿈꾼다. "구석구석 적셔 주"는 햇빛은 그 자체로
이미 훌륭한 약임을 아는 것이다. 치유의 힘을 지닌 햇빛
이 잘 드는 툇마루가 있는 풍경에는 "철쭉꽃 화사하게 피"
어 있는 "화단"과 "가끔 지나가는 채소 트럭 확성기 소리"
가 함께한다. "시장에 장 보러 간 당신"을 기다리는 주체가
풍경을 완성한다. 화사하게 핀 철쭉꽃과 채소 트럭 확성기
소리와 구석구석 비춰 주는 햇빛은 모두 확산하는 방향성
을 지니면서 정적인 툇마루와 대비를 이룬다. 시각과 청각
과 촉각의 감각이 어우러진 툇마루 풍경에 '당신'을 기다리
는 마음이 더해지며 "생의 이 적막한 오후"는 생을 관조하

는 한 폭의 쓸쓸한 풍경화를 완성한다.

툇마루가 정적인 풍경을 보여 주는 공간이라면 기어가고 걸어가고 달려가는 길 또한 하상욱의 유고 시집에는 자주 등장한다. "전주시 다가산 오르는 길/몸 벌건 지렁이가 기어"가는 "오체투지체"의 길부터(「오체투지체」) "괴로움의 증거"인 "달려가"는 기차의 길까지 펼쳐지는데(「기차」) 시의 주체가 추구하는 궁극의 길은 "아무도 가지 않은 길"이자 "詩의 길"이다(「길」).

무어라고 몇 줄 썼다가 지웠다

눈이 내리는데 계속 걸었다

뒤돌아보면 내가 함부로 찍어 놓은 발자국들

눈이 조용히 덮어 주고 있었다

간다고 가는데 언제나 여기였다

다시 몇 줄 썼다가 지웠다

여기에서 저기까지 가 보면 저기가 다시 여기가 되고

가다가 멈추면 동그란 무덤이 생겼다

눈발이 휘날렸다

지웠다가 다시 썼다

나의 호흡처럼 나의 언어처럼

눈발이 점점 더 거칠어졌다

놓고 싶어도 놓을 수 없는 것들이 있어서

그리워도 볼 수 없는 것들이 있어서

무덤들이 자꾸 생겨났다

나는 눈발 속을 계속 걸어갔다

—「눈 오는 아침」 전문

"눈이 내리는데 계속 걸"어가는 시의 주체가 여기 있다. "뒤돌아보면" "함부로 찍어 놓은 발자국들"을 "눈이 조용히 덮어 주고 있었다". 분명히 계속 걷고 있는데 나아가는 것 같지 않다. "간다고 가는데 언제나 여기였다"고 그는 고백한다. 시의 주체가 걷는 이 길은 "무어라고 몇 줄 썼다가 지"우는 시의 길과 닮았다. "여기에서 저기까지 가 보면 저기가 다시 여기가 되고" 길을 걷는 주체가 "가다가 멈추면 동그란 무덤이 생겼다". 무덤을 만들지 않으려면 계속 걷는 수밖에 없다. 다시 말해 계속 시를 쓰는 수밖에 없다. 눈발이 휘날리는 장면과 시를 지웠다가 다시 쓰는 장면은 나란히 포개진다. "나의 호흡처럼 나의 언어처럼/눈발이 점점 더 거칠어졌다". 그리고 "나는 눈발 속을 계속 걸어갔다". 아마도 하상욱 시의 주체는 그렇게 계속 시의 길을 걸어갔을 것이다. 동그란 무덤들을 자꾸 만들면서. "놓고 싶어도 놓을 수 없는 것들이 있어서/그리워도 볼 수 없는 것들이 있어서" 이제 하상욱 시의 독자들에게도 "무덤들이 자꾸 생겨"날 것이다. 저 먼 곳에서 달과 별을 청소하고 있을 시인을 그리워하면서 녹아도 자꾸 생겨나는 무덤들을 마음에 품고 살아갈 것이다.